めぐる七曜

井谷まさみち歌集

短歌研究社

めぐる七曜＊目次

鏡の奥に

渦巻蚊取

生活の色

立春は吉

めぐる七曜

鏡の奥に

微笑さざめく

怖づ怖づと蕗の薹出てそのめぐり昼の光の微
笑さざめく

ガラス戸をきらりとよぎる鳥の影怠惰なる脳
春に目覚むる

芹三葉摘む春浅きわが庭に雑草も早時をうかがふ

西風の田に黙黙と麦踏みの足小刻みに歩幅確かに

妻の呼ぶ初の一輪下駄履きて風ある庭に梅を見にゆく

埋め戻し井戸側のみの残りたるめぐりに春の
草芽吹き初む

花咲く日花の散る日に病みゐたる亡き母顕た
す今年の桜

夕刊を取り込みて読むにもあらず花疲れの足
縁に投げ出す

部屋毎に時計の時刻ずれてゐて定年よりの暮
し定まる

佳き事はおのづから来む門脇の水引草に水を
欠かさず

雪残る山

鳥海山見ゆと興奮気味に指す一人を潮に機内の睦ぶ

整然と軒に割木の山なせりこの家も長き冬を越えしか

秋田県青森県の国境春の小川は湖に入る

一斉に春の花咲く牧場の景引き締めて雪残る山

面上げず若草を食む綿羊の群れゆつくりと西へ移動す

螢の呼吸

せせらぎの音の中なる尖り岩螢飛び来て灯を
点したり
唐突に消えし螢火再びをせせらぎの上に光り
出でたり

一斉に点りては消えまた点る螢の闇の大きな
呼吸

消えてまた点る螢火数増して川のほとりの闇
混雑す

宵闇に浮きては沈む灯の暗き一つ螢よよき恋
を得よ

青の量産

信号に堰かるる歩み前列に中年きりり前傾姿勢

盛んなる樫の若葉に降り注ぐ光乱して昼の風出づ

咲く花のなべて実をなす隠元のブレーキ効かぬ青の量産

立てやりし杖に見向かず朝顔のからみ合ひつつ地を這ひて咲く

日に向きて拡げゆく葉のひたすらに八手若葉の欣求の手なり

若葉する木にあやかると庭に下り疲れたる脳全開したり

月暗き夏夜の水辺命得て孵りしものの気配ひしめく

庭木木を揺すらむばかり鳴く蟬のぴたりと止みて炎天の青

つくつくぼふし

原爆忌の真昼ひたすら沈黙を守る庭木に降る
直射光

熊蟬に月余遅れて鳴く小蟬めぐりの気象異変
加速す

老ゆるなくまた死ぬることなき父の若き写真
に盆めぐり来る

原罪も焼き亡ぼさむ夏の日に無花果の葉の色
濃く繁る

口少し開きて熟るる無花果にこの朝まだ鵯の
来てゐず

啄みて鵯飛び去れり無花果の熟れ実恥(やさ)しき果肉を曝す

ひつそりと燃やす芥の炎澄み慕ひ寄り来る炎天の風

逝く夏の不意の寂しさ職辞めし耳にしみ入るつくつくぼふし

阿蘇ハイウエー

逝く秋を追ふごとく来し大阿蘇になびく薄の
丈長からず

放牧の子牛一頭よぎるまでわがバスは待つ阿
蘇ハイウエー

人乗せて馬歩みゆく草千里見渡す限り草枯れむとす

凋落の草千里原棘荒く個を主張して鬼薊咲く

足元の馬糞も親し草千里古きものまた新しきもの

バスに行く地の真下なる火山脈言ひつつ阿蘇
に逝く秋惜しむ

わが持ち時間

信号の変はるを待たず歩み出す群れのパワーの生み出す秩序

点睛はその臍にありCMの若き女性の美しき腹

逆様に吊るされてゐる花束に鳴る虎落笛冬は
長きぞ

入りつ日の光静けし門の辺にたまる落葉の美
しき嵩

いくばくのわが持ち時間大いなる秋の入り日
を窓に見送る

宵寒き駅コンコース擦れ違ふ人らいづくに命
安らぐ

紀州にも明日は小雪の舞ふと言ふ予報士少し
楽しむやうに

豊穣の冬

梅干を一個食べるを日課とす明快にして生活の核

風に陽に寒きみどりの葉を延べて大根畑は豊穣の冬

黒雲のごとく下りたる鳥の群れ風の冬田に餌
もあらなくに

風の子の我らそれぞれ貧しくて缶蹴りといふ
遊びありけり

年の瀬につぶさるまじく帰り来て生卵一つ一
息に呑む

暮れゆくにしばし間のあり乱杭のそれぞれに
鳥白白憩ふ

駅頭に北風（きた）吹く夕べ円安を伝へて電光ニュー
ス走れり

累卵を愛づ

卓上の籠に艶持つ累卵を愛でてこの朝世に事もなし

いつの間に眠りしならむ柿照りて夢の続きの百舌の高鳴き

紙切れの如く降り来し小雀ら風の冬田に散開したり

菜のみどりみづみづと冬豊かなり土の力は我をも鼓舞す

祈ぎ事は一つのみせむ出雲へと神集ふ日に行き合ひし旅

宍道湖の等間隔の杭に立つ水鳥の白暮れ初め
むとす

焚火する人

地の枯葉舞ひ上げし風更にその後を追ふ風野に出でて鳴る

吉事より遠ざかりゐる日日ながら伸びる日脚の明るさを言ふ

積む石の上に石積み塔なせり賽の河原の風の薄ら日

焚火する人ら作業に散りゆきて清らの炎風に傾く

日常にまた戻るべく七草の粥炊く朝小雪舞ひ散る

冷え込みのややゆるぶ昼まだ眠る畑の土の天
地を返す

藁小屋の軒のつららに気付きゐてみどり児の
目のきらきらとする

不図何を思ひ立ちしや猫の「くろ」庭を横切
るけものの速度

一瞬の逡巡見せし救急車渋滞縫ひて走り抜けたり

演壇の両端に立つＳＰの視線激しく空に交差す

鏡の奥に

店先に鏡の奥にみづみづし累累と冬の苺のひかり

何鳥の種運びしや万両の初生りの実は瑞兆の白

水抜かれ底まで冬日射すプール吹き溜まりたる落葉の乾く

待合せせし百貨店「丸正」の破綻してわが青春も過ぐ

悲しみへ更に近付く矢印の簡潔に喪の家へと続く

これほどの悲しみは世になき如く両手を垂れ
て女童の泣く

安らぎて行く夕の町魚屋の灯明るく鯖を串刺
しにする

路地に灯のともる頃ほひ醬油瓶など並び立つ
影あたたかし

渦巻蚊取

落花の中に

病むといふことなき如し木より木へ光を曳きて飛ぶ春の鳥

振り向けど猫の子も居ず春庭を何の気配かよぎりゆきしに

呼ぶ妻に部屋より走り出て仰ぐ空に帰雁の棹は伸びたり

突風は丘に吹き荒れ菜の花の大波小波海へなだるる

花の間の塔見上げつつ石段のおほよその数目の端に読む

盛んなる落花の中に漂へり花の軽さに小鳥の羽は

卵黄の全（また）き球体惚れ惚れと確信犯の如く呑みたり

水音楽し

雨水過ぎ啓蟄も過ぐアンテナを高く花信を心待ちにす

南中の日の光（かげ）踏みて巻尺を伸ばしゆくなり草萌ゆる地に

蜜の香のする紫雲英田のかげり来て空急変し
風冷えて吹く

水音の楽しかるべし蹲踞に春の小鳥ら飛び来
ては発つ

邪悪なるものを阻むとわが植ゑし桃の若木に
花咲き匂ふ

雨あがり日の眩しさの増す庭に若き雄松の芯
そそり立つ

増えてゆく情報量に溺れゆき足の踏み場もな
き中に住む

吉と占ふ

朝風を呑む鯉幟この里に弘法大師生まれ給ひき

善通寺

汗に吹く若葉風あり堂前に和す南無大師遍照金剛

桜花より降り来る光目守りて呉れし誰彼いつか世に亡し

茹で卵積まれて朝の籠にあり微動だにせぬそれぞれの位置

スプレーに身の匂ひ口の匂ひ消すこの若者に何が残らむ

体臭を口臭を消し街に出づ透明人間めく若
者は

揚げ雲雀声降らし来る朝の庭今日の外出は吉
と占ふ

世に遅れつつ

花舗の灯の届く限りの石畳打ちて夕べの春雨光る

どくだみの束十あまり軒に干し憩ふ縁先若葉耀ふ

古きもの愛しては世に遅れつつ部屋に煙らす渦巻蚊取

水たまり光る駅前梅雨の雨やみて夕風さはやかに吹く

存分に梅雨の晴れ間の光浴び庭の枇杷の実金色深む

顔なき人ら

単純に信ずるならず朝刊の「今日の運勢」読みて家出づ

自転車の前に後ろに子を乗せてうら若き母頑張り通す

長く飼ふ亀にある夜逃げられし少年の日の無垢の悲しみ

千両の朱を話題とせし昨日言ひて媼の死を触れて来る

里池の水乏しらに枯蓮の満身創痍を包む夕光

手品師の満面の笑み一瞬の闇に紛れて舞台より消ゆ

高熱に眠るとも覚むるともなきに顔なき人ら次次と過ぐ

髪をなびかす

牛乳の来てやや遅れ新聞の来て荒梅雨の雨降り止まず

梅雨もまたよき季ならずや紫陽花の色鮮やかな造花を買へり

涎掛けの赤新しき辻地蔵おとくばあさの縄張
今は

乾蔵ぶち壊されぬわが里にもう還り来ること
なき「明治」

父逝きて三十余年母も逝き生家はるけきとこ
ろとなりぬ

低空をうなりつつ飛ぶ熊蜂に梅雨の晴れ間の
空気乱るる

わが離職後の初の旅夏海の光る車窓に妻は目
凝らす

老い兆す妻の横顔海青き旅の車窓に髪をなび
かす

心休めよ

夜明けより雨との予報外れたり若葉の風の縁
に吹き入る

わが庭に蛇とし生まれ来たるものその若き肌
光らせて這ふ

しばしだに心休めよ我の身を堰きて電車のゆるやかに過ぐ

雷の轟き過ぎしこの里を満たす清浄無垢なる大気

通夜の灯の庭へ漏れゐてどくだみの十字の白の人目を奪ふ

一人逝き一人生まれてこの里に螢飛び交ふ季
節も過ぎぬ

雨浴びて紫陽花の色深みゆく築六十年の終の
住処に

朝の秩序

じわじわと残り時間の費えゆくわが身に沁みて降る蟬時雨

生活の豊かさゆゑに病む日本「冷房病」の世に蔓延す

伝へ来る細菌戦のその恐怖人の命を滅ぼさむ
知恵

読むに倦み柱時計を見てゐしがねぢ巻くこと
を思ひ立ちたり

盆三日暴れて幼ら帰りたる部屋開け放ち涼風
通す

駅の階ゆく幾百の足乱れつつ確とあり朝の
秩序

父の生涯

ひそやかに人来て去れり朝刊は朝顔の咲くその少し前

築山の高き檜の葉の繁み小鳥の声は幸せに満つ

恙なき秋の旬日堪へ切れず裂けし柘榴の赤き実は透く

頭上かすめ一直線に飛ぶ鳥の宵闇を裂くはばたきの音

わが知ると言へど微微たり風化する五十五年の父の生涯

かの秋の日の観覧車膝よりの展望を子は如何に記憶す

ただ一羽遅れて西へ急ぐ鳥声を励まし闇に鳴きゆく

渦巻蚊取

裸足こそ活力の素家居して足裏しかと青畳
踏む

ありなれて田舎暮しを疑はず渦巻蚊取部屋に
燻らす

二等辺三角形をなす畦に射す日あまねく曼珠沙華燃ゆ

こぼれ咲く萩の花濃き日和なり厨に妻のハミング聞こゆ

一区切りつきたる机上寝ねむとし庭に照る月もう一度見る

一瞬の躊躇無視して自販機はわが千円を奪ひ
取りたり

箸あれば足る

指間より種こぼしつつ蒔く小蕪祈りの思ひおのづからなる

茶碗あり箸あれば足る生活に遠く煩瑣に生きてわづらふ

愛すべきわが無人駅取る人のなきまま柿の夕つ日に照る

新道の貫き古びゆくのみの里道沿ひの柿の鈴生り

旅先に携へて来し錠剤の彩を楽しむやうに並ぶる

地拵へして十日目の慣るる土満持して今日そ
ら豆を蒔く

いつの日の君の思ひか形見なる本より紅葉は
らり舞ひ落つ

長き冬来る

思ひ切り枝払はれて無様なる鈴懸の樹に長き
冬来る

手にすくふ有機の土に躍り出て細き蚯蚓の赤
なまめかし

照りてまた翳る冬日に干す蒲団風に晒すも目論見のうち

古家の屋根見苦しとまた別のおせつかいなる瓦屋の来る

踏切に冷気凝りて風もなし枕木染めて咲く霜の花

動くともなき水寒き運河沿ひ並ぶ倉庫の上に
月出づ

「ホテル日赤」にて

入院に持ちゆく我の必需品鋏耳搔き糊『広辞苑』

おのづから力関係見え初めて四人部屋訪ふそれぞれの妻

茹で卵つるりとむけて不意打ちに禁欲の身をひたす恥(やさ)しさ

十二階の病室に見る暁の町すでに働く人の灯走る

遠く来て十日戎の賑はひに身はほのぼのと紛れ込みたり

忙中の閑

池の面を走るさざなみ目に寒しすなはち師走朔日の風

しるき香に柊の花咲くと知る師走朔日忙中の閑

バスに乗り来るや携帯使ふ女すぐに諍ふ声となりゆく

美しき真冬の秩序すべての葉落とし大地に列なすポプラ

夕光の射し入る棚に極寒の液体重く瓶直立す

めぐる七曜

去年の桜

蕗の薹三つ見付けて誇りかに病後の妻の庭より戻る

肌荒れにマシュマロよしと聞きてまた試し始むる妻はのどかに

桜咲く四月五日と手術後の初の受診をわが主
治医告ぐ

運動の為に歩けと言ふ友もその難病と日日に
闘ふ

春風の地上に出でて地下鉄は水の都の鉄橋
渡る

秒読みの春を待つ駅ポスターに去年の桜咲き
溢れたり

ソメイヨシノ散りて綾なす花筵横切りてゆく
ポストへの道

我の手に触るるも一会ぬばたまの闇に一夜さ
桜散りつぐ

めぐる七曜

夜桜のあかり薄るる暗がりに前行く人のふつ
と消えたり

柔らかき新葉燃え立つかなめもち生垣沿ひに
風は走れり

休日の時は静かに流れつつわがシェーバーに
電気満ちゆく

工事場に人誰も居ずよぎりつつ掘られし穴の
暗きを覗く

鳥の棲み風の棲みゐる大欅透くみどり葉は日
の斑を散らす

をだまきの花咲きたりと妻の呼ぶまた美しく
めぐる七曜

揚げ雲雀さへづる野辺の踏切を我に先立ち犬
の越えゆく

水辺へと続くけものの足跡の乱れて初夏の沼
地光れり

邪気寄せつけぬ

平成の世の顎細き娘の顔に見る日本の滅びの兆し

軽やかな春の装ひ娘の脚は苦もなく駅の階駆け登る

お水取りまでの我慢と書きやりて手紙に貼れり桜の切手

桃の花戸毎に咲かせ邪気をもつもの寄せつけぬ一村の春

子育てに励む雲雀の声高く野の曇り空きらら眩しき

象嵌のごと雨の地を飾りけり散りて行き場の
なき桜花

たんぽぽの茎吹かれをり白き絮飛び立ちゆき
し後の身軽さ

生活の顔

発掘に日の目を見たる焚火跡弥生の暮し語りかけくる

明らかに土偶の女孕みゐて自信に満つる生活の顔

たんぽぽの絮の飛び立つ日和なり飛鳥に遠き日の還る午後

光射す方と限らず飛鳥野の風に乗りゆくたんぽぽの絮

無人駅まで徒歩五分単線の「上り」「下り」を聞き分けて住む

純白に紅淡く兆したる箱根空木に入梅を知る

どくだみの清浄無垢の白花に夏生れわが気力
蓄ふ

絵に描いたやうな成行きサラ金に通ふ隣人夜
逃げ遂げたり

封すればもう迷ひなし断りの手紙月下のポス
トに託す

何を告げむと

取り除く朽木の下の大みみず身のこそばゆく
躍り出でたり

畝の幅苗の間隔「程らひ」が明治生れの母の
生き方

蜥蜴蝦蟇蛇と一緒に住んでます日焼けの顔に笑みこぼし言ふ

月二度が週二度となる収集日プラスチックごみ世にはばかれり

燃ゆるごみ缶瓶ペットプラ衣類分別更にややこしくなる

家長わが行動すべて見張りゐて「開いてますよ」と冷蔵庫言ふ

犯罪の低年齢化加速して追ひつけず師も親も社会も

夭折の子の命日のめぐる朝花壇の百合の幼きを剪る

百合の香を言ひて帰りぬ本当は何を告げむと
今日訪ね来し

日焼けの家族

新鮮にして一途なる蟬の声生誕の日の耳に溜めゆく

扇風機さへなき夏に産み呉れし亡母を思へと降る蟬時雨

熊蟬も鳴き疲れしや炎天下喪の日のごとき里の静寂

切切と祈りて堂を去る男炎天へ次の一歩踏み出す

なめくぢはここにて何を思ひしや這ひ来し跡の銀の曲線

井戸に吊り冷やしおきたる大西瓜割らむと揃ふ日焼けの家族

人工の川の落差に水光り夏休み入りの子らの声飛ぶ

のうぜんの花散り尽くし再びを寂しく高し炎天の空

夏のオアシス

蟬の声溢れかへりて朝すでに産土神の森膨張す

炎天を来て汗ぬぐふ曲り角涼しき風は川面より吹く

氷塊を切る鋸の音荒く土間に響きて冷気飛び
散る

蜂去りて小鳥来てをり蹲踞に水音のする夏の
オアシス

解き放つ昨日の心トンネルを抜けて電車は夏
海に沿ふ

退院の幸嚙みしむる秋の旅海の入り日に染め
られて佇つ

鮫の歯の化石のやうな固き意志告げてさらり
と職辞しゆけり

くるりと回り

熊蟬の昨夜巣立ちたる小さき穴祝福の日の暑く射し初む

固有種の目高を飼ふと古火鉢に水満たしつつ妻の意気込む

ビニールの袋に赤く透く金魚さげて児の目の
きらきらと行く

荒縄がわが足元に落ちてをり彼奴を縛るに程
よき長さ

決心をするがに出でてポストまで行く炎熱の
空の一色

嫌はるるよりはと笑ひ畑よりシャツにつき来
しゐのこづち取る

異次元は回転ドアの向う側くるりと回り人ひ
とり消ゆ

赤の点滅

何時如何なる時にも我の机にありて赤鉛筆は
三菱マーク

消費者の奢り敵無しスーパーに溢れて秋の果
実照り合ふ

古びたる甕に束なす吾亦紅何気もなしに見事
活けたり

もうこらへ切れず柘榴の口開けて曝す内部に
熟れ実きらめく

テストにも出て諳んじし虹の色を心の隅に長
く生き来し

ビルの窓一つ燃え立ち夕映えの及ばぬ辻に冷
えつのり来る

寂し気に灯は呼び合へり凍みる夜の送電塔の
赤の点滅

妻のハミング

厨より妻のハミング聞こゆる日庭の日向に柊
匂ふ

一瞬の鳥影庭をよぎりたり清浄の日の射す寒
の入り

小鳥にも命数ありと聴く耳にその囀りの声濁りなき

小鳥さへ来ぬ今朝の冷え蹲踞に垂るる滴の氷りて光る

換気など一切要らぬすきま風古りたる家を誇るがに住む

死語と聞く「すきま風」なほ脈脈と築六十年
のわが家の冬

豊穣の秋

わが里に似通ふ景に息呑めり旅の車窓の鈴生りの柿

天よりの恵みの柿を収穫す一つ残すは来む鳥のため

エンゼルのみづみづしさに信号を待つ若き娘
の臍出しルック

神の域なる車田に侵入しせいたかあわだち草
は花咲く

盗られしと鶏は気付かず産みたての卵つるり
と我は呑みたり

どくだみを煎ずる薬缶吹きこぼれ日日健やか
に生き過ぎの祖母

踏み当ててそれとし気付くマンホール暗き師
走の駅裏通り

地中より人の声して工事場に列なす寒き灯の
点滅す

渡り来て鳥らのしばし暮らしゆく日本列島豊
穣の秋

いつの日の夢

ねぢ一つ狂ふことなき大正の柱時計を週一度巻く

燃ゆる火のその裏側に湯気あげて剪定の枝激しく乾く

屈辱の丸裸なり鈴懸の枝みな切られ寒風に
立つ

いつの日の夢の続きか掻き暗み我を閉ざして
昼の雪降る

明日のこと誰もわからず九階の病窓に舞ふ雪
に声あぐ

初雪のたちまち雨となる平野川の蛇行に町の
灯は沿ふ

生活の色

争ひの声

酒蔵によき酒粕を買ふ出合ひ神風の伊勢早春の旅

植ゑ替へて間なき花壇に寒寒と吹かれて春の花花の彩

花花は空に地に咲き折折に響く小鳥の争ひ
の声

見し夢の成就せしかや飛鳥人蒲公英の絮春風
に飛ぶ

古寺の土塀の崩れより見えて洗濯物に春の風
あり

手をかざし見れども見えぬ揚げ雲雀み空より
降る喜びの声

名残の桜

取り戻す土の感触啓蟄を過ぎて畑に芽吹く草
引く

はるかにも恋ふ紀ノ川の源流に始まりゐむか
芽吹きの季節

週間の予報はづれて雨となる庭に満ち満つ芽
吹きの気配

破れ蓮の芽吹き遅るる池の面を染めて名残の
桜散り初む

遅遅たりし芽吹きいつしか加速して欅若葉は
風に耀ふ

日本は「引く」アメリカは「押す」身振り鋸(のこ)説く亡父の楽しげなりき

店さびれシャッター通りと人の呼ぶ商店街のひつそりと春

芽吹かぬ一樹

芽吹かざる一樹を残し若葉へと加速してをり
鎮守の森は

竹藪の空に唯一抜きん出て未だも棒のままの
若竹

暮れゆけば乳房の如く豊かなる丘辺に春の灯のともりゆく

蒲公英の全き生の一過程風に飛び立ちゆく白き絮

運ばれて行きけむ菊のこぼれゐる白不吉なり夜の病廊に

暮しの内部

母の日の淡く過ぎゆく妻に我に共に母なく病むこともなし

梅雨止まぬ旬日にして気を許しゐし庭草の青汜濫す

どの家も門に紫陽花咲かせゐて梅雨の暮しの
内部は見えず

煎じたるどくだみ茶飲み越ゆる夏遠き昭和も
祖母も懐かし

世の移り死語の仲間に入るいくつわが古辞書
に声なくひそむ

松の枝に衣軽やかに吹かれをり蛇はいづくに
夏を謳歌す

完熟トマト

打ちあたり部屋の灯に飛ぶ黄金虫元の闇へと
投げ返したり

産卵の場を求め飛ぶ揚羽蝶照る八朔をめぐり
て去らず

完熟のトマトを家の畑に採るよき日重ねて夏
の真盛り

指を折り数を揃へて歌作る初心の一生恥づる
ことなき

買ひ替へし麦藁帽に殺到す歓喜の如き夏の
光は

数多なる花は白露宿したり南瓜畑の朝の静謐

回覧板届けむと来て白花の野生朝顔鉢ごと
貰ふ

若き家族の

日に向かひ咲く向日葵はただ一花若き家族の
掲げゐる旗

地下街を出で来る人と入る人と夏の真昼の蟻
めく流れ

立札の「はぶに注意」の新しく池に沿ふ径夏草茂る

買ひ替へし麦藁帽子被りゆく畑への径に夏日満ちたり

南瓜の葉はとめどなく畔埋めて盆過ぎの日日栄華を極む

台風の余波二日ほど吹き荒れて庭木に蝉の声
激減す

カスピ海ヨーグルト菌絶やすなきこの日常を
ひそかに恃む

驚きの声

店先に麦藁帽の男物女物出て里はもう夏

若き日の驚きの声古妻が今年の蛇と庭に出くはす

風呂の窓おほふ宿根朝顔のその勢ひを恃むこの夏

南瓜の黄の素朴なる花開き畑いちめんは朝の呼吸す

「死ね」などと冗談のごと会話する少女が母となる世を怖る

甲高き声乱れゆく塀の外夏休み果て新学期
来ぬ

砲弾のごと

収穫の季至りける長南瓜砲弾のごと抱へて運ぶ

豊作の南瓜を抱へ運び出す畑のおどろに降る晩夏光

秋野菜蒔くと耕し噴く汗にわが身の内の毒気
抜けゆく

振り向かず行く負け力士その背をテレビカメ
ラはしばらく写す

山腹をつらぬき成りしトンネルに祝着の灯を
列並め灯す

山頂の薄の原を渡る風谷の奈落へなだれてゆけり

ガラス戸に触れなむばかり紅萩の長きしだり枝揺らす風あり

蜘蛛の巣かぶる

頭より蜘蛛の巣かぶり門開けにゆく庭の道今朝の露けさ

月一度届く地鶏の有精卵ほれぼれとその全き形

今は亡き人の短歌にさしぐみてわが残生の一
夜を過ごす

地に低く種育てつつ紅葉せり雑草の名に呼ば
るるものら

すがれゆく前の華やぎ風走る畦道染めて草は
紅葉す

ボディソープなど気味悪し朝夕に馴染む花王
の固形石鹼

電光ニュース

何にてもよろこびは良し満面に笑み溢れさせ
少女過ぎたり

寒風の中を近づき過ぎむとす地響きに知る貨
車の重量

村はづれ薄のなびく秘密基地かの道祖神今も
いますや

傘マーク現実となり急変の暗き空より氷雨降
り来ぬ

暮れ早き駅前広場倒産を告げて電光ニュース
は走る

提灯の赤く揺れゐる風の街軒寒寒と人と行き合ふ

古き竹切り捨て直に日射し入る竹の林に来む春を期す

祖母の口癖

芳香を惜しみ給へと植木屋が花梨をもぎて梯
子下り来る

剪定の作業進みて風の透く庭が初冬の明るさ
となる

苦しみの蒸気を白く噴きゐしが生木は不意に
火に包まれぬ

不景気の影さながらに待機するタクシー満ち
て暮るる駅前

火を放つ枯れ草の土手無よりまたよみがへり
来む春の命は

鋏もて手紙の封を切る慣思へば長く職に励みき

亡き祖母の口癖なりし「勿体ない」今改めて我は尊ぶ

脳に灯ともす

生活の音聞こえつつ家裏の水路盛んに朝の湯気立つ

これといふ事なき稀有の静かなる一日は石蕗の花に暮れ初む

木守柿一つ梢に照る幾日雪来る前の里の静けさ

わづかなる眠りに生気取り戻したそがれ近く脳に灯ともす

降る雪に面打たせつつ霊力の如きパワーを身に満たしゆく

南中といふ佳き語あり大寒のその瞬間の陽と
我は会ふ

柚子の苗木

目覚めよと庭土を掘る啓蟄に柚子の苗木を貰ふ約束

庭暮れて立つ我もまた一本の冬木まともに北風を受く

梅の咲く庭をよぎりて飛ぶ小鳥くはふる藁の
ごときが光る

沼の面を吹く風ゆるびかすかなる野梅の花の
香を運び来る

初午の杜吹く風に顔冷えて柚子の苗木を購ひ
帰る

不揃ひのチューリップの芽尖れるを見つつこの春恃むものあり

子らゆゑに頭を低く生きし日日また幸せとかへりみて言ふ

屈強の男の肩に運ばるる青竹の束ゆさりとしなふ

生活の色

健やかな生活の色厨辺に満てり人参牛蒡大根

北風の小止みなき中歩み来て森ほつこりと真昼の静寂（しじま）

なほ残る焚火のほてり枯菊のかをりまとひて
夕卓に坐す

焼き上がりなほも脂の音のする秋刀魚の上に
すだちを絞る

経歴の一部不詳のままにしてまじはり長き友
の幾人

小鳥らの飛来乏しきこの冬の庭に千両朱く際立つ

亡き母の殊に好みし「村雨」を寒き日暮の街角に買ふ

立春は吉

春の言葉は

斥候のごとく咲く梅一輪のあたたかき白打ちて雪舞ふ

襲ひ来る敵に備へし袋小路切実にして貧しき思想

切り口の真新な株累累と山に来て知る山のかなしみ

繰り返し繰り返し挑むクレーンの赤き灯動く夜の屋上に

孫の出て要領を得ず受話器の奥夕仕度する娘の家の音

人界に夢を撒きゆく飛行船あたたかきかな春
の言葉は

活入れるべし

乙女らは茜に染まり駆けて来る見えぬ乳房の
ゆたにたゆたに

風の視野遠く近くにひるがへる若葉の色や今
年生れの

わが脳に活入れるべし庭に出てフィトンチッドを吸ふ若葉闇

笑ひ声聞こえむばかりわが藪のここにかしこに筍の出づ

きらりと五月

古新聞束ね物置へと運ぶ立夏の朝期するものあり

邪気拒む葉に守られて秘密めく桃の熟れゆくぬばたまの闇

柏餅の葉の代用の山帰来ふるさとは今きらりと五月

ここよりは妻の領域いただきし桃が仏間の闇に匂へり

若葉濃き林の中に歩み入り穏やかにわが息拡散す

飛ばされし麦藁帽を妻は追ふ墓参の径に吹く
青葉風

雨後の日射し若葉に照り返り一直線に暑さ増
し来る

わが生れし朱夏の七月のうぜんの花の彼方の
燃ゆる夏空

のうぜんの花の真盛り忌は至り忌は去りいよよ母遥かなり

新緑の谷

橋の下より仰ぎ見る新緑の谷狭くして光澄む空

新緑の谷をまたぎて架かる橋死人となりて今日渡りゆく

倦むといふことなきごとし妻問ひの宵の蛙の
声夜半もなほ

飼はれゐる一日の如何に長からむ古き火鉢の
水に目高は

背丈越す向日葵一花この鄙に住み古りてなほ
夢掲げたり

朝庭を統ぶる激しさ庭の芯なせる欅に降る蟬時雨

産み呉れしなり

青葉濃き楠の木蔭に吸はれ来て喪の一団の黒ふくれゆく

かかる日に産み呉れしなり天に地に前後左右に湧く蟬の声

大暑の日選りて生れ来し不孝者亡き母を恋ひ
汗したたらす

はきだめの南瓜の花忘られぬと書きし日の太
宰治を信ず

咲く花は嘘をつかぬと言ふ老いの極楽浄土の
やうな夏庭

断れぬ約束一つ煩ひとなりて今日より予後の
身を責む

恍惚として

実を摘むにやすき樹形に作られてどの無花果
も横にのみ這ふ

柿の木にふるはす翅の光る蟬恍惚として鳴き
納めたり

なすべきを一日延ばしに延ばしつつ晩夏けだるく蜩を聞く

燃え尽きし夏よと歌ひ去る場面目頭熱くわが夏は逝く

蹲踞の水にさざ波走る見え不意に秋めく夕風となる

地に足の着かぬ歩みにほろ酔の身の揺れてゆ
く夜の歩道橋

累累と石油備蓄のタンク並み河口は熱き光を
反す

旱星冴ゆ

住み古りて紀州はよけれ株太き浜木綿あまた
白溢れ咲く

この家に生まれいつしか老いに入る雌の黒猫
「くろ」のわがまま

散らばれる糞憎憎しくちなしの葉を食ひ荒らし青虫ひそむ

雨降らぬ天気の固さ嘆き合ふ空に鋭く旱星冴ゆ

自画像の暗き表情明治期を拓かむ若き苦悩を宿す

階登りエスカレーターには乗らず朝の駅でも
また少数派

神棚ありき

十五夜の月の出を待つこの路地に泣き声高く
赤子の育つ

移植せし石蕗の花咲き出でてわが日常の少し
明るむ

家長なる父の一生の拠り所家に小さき神棚あ
りき

血管のごとく繋がり脈打てり地下に生活ホッ
トラインは

日時計のこの一画の穏やかに秋は静けき終末
に入る

額づくが如くに土に屈まりて紫式部の丸き種採る

信号の青冴ゆる夕北風は落葉さらひて吹き渡りゆく

義理欠く勇気

一枚の板置きわたす野路の店艶めく柿を枝ながら売る

石舞台古墳の天井高くして隙間に青き平成の空

穭田に落とすわが影失ひて西より徐徐に寒空となる

飛び火するごとくに庭に黄を掲げ石蕗（つは）一株の裔栄えたり

目の奥に疲れのたまる夕つ方冬菜の青き庭畑に出づ

秋更けてにはかに艶の衰ふる薄野揺らし尾根
越ゆる風

多忙とて心亡くすな義理を欠く勇気を持ちて
生きよと友は

飛鳥の時間

ゆるやかに確実に季の移る庭涼風呼びしコスモスも果つ

日に照りて柿たわわなり流れ来て流れ去りゆく飛鳥の時間

まほろばの大和国原玉と照る柿並べたり無人
の店に

白砂を乱す小鳥の爪の跡秋日豊けくみささぎ
に射す

雪かづく杉丸太積むトラックのずしりと停ま
り山の気放つ

美しき予告のごとく降り出でし雪かろやかに
庭木木を染む

立春は吉

夜のうちに氷りてありぬ蹲踞のめぐりは庭の
極寒地帯

墓石みな雪かづきたりいちめんの浄土世界に
しんしんと雪

寒最中椿一輪咲くまでの根気を朝に夕に見守る

盛りあがり球形保つ卵黄に術後の日日の気力養ふ

遠山にきらりと光放つもの何はともあれ立春は吉

あとがき

『めぐる七曜』は『乗換への駅』に続く私の第六歌集です。六十四歳から六十八歳まで（平成十三年七月二十三日～平成十八年七月二十二日）の五年間の作品を収めました。

作品を読み返しつつ師や仲間の下さった数々の支えや励ましを思うと、心が温かくなります。本当にありがたいことです。「短歌研究」の編集発行人である國兼秀二氏にはご無理をお聞き届け下さり、歌集担当の菊池洋美氏には親身な助言を戴き、本当に嬉しく思います。ありがとうございました。

令和六年十月二十二日

井谷まさみち

著者略歴

昭和12年、和歌山県生れ。昭和38年「水甕」に入り、加藤将之に師事。平成4年より選者（～現在）。昭和58年より朝日新聞和歌山版歌壇選者（～現在）。平成2年、和歌山県歌人クラブ会長。平成26年、日本歌人クラブ近畿ブロック長。
現在、日本歌人クラブ名誉会員。現代歌人協会特別会員。和歌山県歌人クラブ顧問。歌集に『午後の歌』など5冊。

検印
省略

令和六年十二月十三日　印刷発行

歌集　めぐる七曜（しちよう）

定価　本体二八〇〇円（税別）

著者　井谷（いたに）まさみち
郵便番号六四九―六二六四
和歌山県和歌山市新庄四七二

発行者　國兼秀二

発行所　短歌研究社
郵便番号一一二―〇〇一三
東京都文京区音羽一―一七―一四　音羽YKビル
電話〇三（三九四四）四八二二・四八三三
振替〇〇一九〇―九―二四三七五番

印刷　KPSプロダクツ
製本　牧製本

ISBN 978-4-86272-791-6 C0092 ¥2800E